FEU POUR FEU

DU MÊME AUTEUR

LES MÉMOIRES D'UN ARBRE, Le Cherche Midi, 2002.
LÉA ET LES VOIX, Nicolas Philippe / L'Embarcadère, 2002.
CHEZ EUX, Phébus, 2004.
MORT ET VIE DE LILI RIVIERA, Phébus, 2005 ; Babel n° 1222.
LA MÈRE HORIZONTALE, Albin Michel, 2008.
ET QU'ON M'EMPORTE, Albin Michel, 2009.
L'INVENTION DU DÉSIR, vu par Frédéric Poincelet, Les Éditions du Chemin de Fer, 2010.
À DÉFAUT D'AMÉRIQUE, Actes Sud, 2012 ; Babel n° 1161.
L'ILLÉGITIME, Naïve, 2012.

LITTÉRATURE JEUNESSE

LE JOUR OÙ LANIA EST PARTIE, Nathan Poche, 2008, grand prix SGDL du Livre jeunesse 2008.
J'AIME PAS DIRE BONJOUR (illustrations de Boll), album, Grasset Jeunesse, 2010.
JE SUIS UN ARBRE, Actes Sud Junior, 2013.

ISBN 978-2-330-02730-8

CAROLE ZALBERG

Feu pour feu

ROMAN

un endroit où aller
ACTES SUD

À Solal, Anton et Ilan,
mon pays, mon voyage et ma foi.

CES HEURES à faire le cadavre au milieu des cadavres, si longtemps que la puanteur est restée dans ma gorge, corrompt encore quinze ans après l'air le plus pur et le goût de toutes choses, ces heures lentes, lentes, tellement lentes à rester aussi immobile qu'une souche malgré le grouillement de mille bêtes et la position impossible, les jambes trop pliées et la tête à angle droit posée sur un membre étranger, déjà froid dans la chaleur de four, ces heures à tenir jusqu'au cœur de la nuit et enfin leurs pas, leurs voix de rapaces repus qui s'éloignent, la clameur triomphante des moteurs de leurs engins réveillés ensemble, troupeau de malheur éructant une ultime menace et tournant une dernière fois autour du charnier avant d'aller tuer plus loin, tout ce temps et cette peur plus grande alors que le chagrin pour me risquer hors de l'amas des corps et retrouver parmi eux celui de ta mère, ton silence affolant sous son ventre mort et à l'instant où je te sors, où ta peau retrouve la sensation du vide, ton hurlement, l'amer miracle de notre survie et le chemin si long jusqu'à ce pays où tu peux t'endormir chaque soir sans rien redouter, toi tu en fais ça ?

Tu ne sais rien.

Ou seulement dans le secret de ton corps minuscule d'il y a quinze années, collé au mien quand ensuite je cours et marche et parfois rampe l'œil rivé à l'horizon. La naissance du jour nous renverra à l'attente, forcera au repos.

Je vais donc jusqu'à l'épuisement, ne sens pas les plaies à mes pieds nus et partout où des branches, des ronces, des cailloux ont mordu ma chair. J'ai deux cœurs au travail. Quand le mien faiblit, le tien, petit battement d'oisillon dans mon dos, le ranime – j'ai noué un pagne comme le faisait ta mère et t'ai accrochée à moi peau à peau. Contre ton buste je suis ton monde doux et tu ne cries plus. Mon cœur d'homme obéit à ton cœur d'enfant.

C'est ainsi que nous t'appelions encore à l'arrivée des tueurs, "l'enfant". Nous attendions qu'un nom te choisisse. Il faudrait, croyions-nous, quelques nuits de rêves et la visite de nos fantômes. C'est notre cauchemar qui finalement te baptisera. Tu es fille mais tu t'appelleras Adama. Tu ne sais pas cela non plus, qu'en ce jour de morts et de destruction, toi tu es née une deuxième fois de la terre rouge qui t'a dérobée aux bourreaux.

Dans la cellule où tu dors – mais sûrement tu ne dors pas – il n'y a pas de terre où cacher ton remords. Oh dis-moi que tu éprouves du remords ! Dis-moi que je n'ai pas couvé une enfant sans conscience ou seulement un être mauvais. / *elle m'a trop chauffée la Cindy, là. Enfin pas moi moi mais ZorA, c'est pareil tu cherches Zo ou NabilA tu me trouves moi, AdamA, tu nous trouves nous les PrincessA, on dit comme ça parce que nos noms y finissent tous par* a *et on l'écrit avec un grand A comme Amour et Argent et Attention à ta gueule si tu fais trop le bonhomme avec nous.* /

Mauvais, je ne suis toujours pas capable de dire si ton frère l'était – oui tu as eu un frère mais pourquoi t'aurais-je parlé de lui ? – ou s'il a juste voulu être du côté de la force, des hordes fières.

Car sans doute les voyait-il ainsi, avec ses jeunes yeux fatigués du mépris, fatigués de la crainte oubliée des heures parce que dans le travail, la répétition des gestes, les ébats c'est ainsi, elle s'oublie, et courant soudain parmi nous, une onde qui envoyait chacun se terrer.

Longtemps ils n'ont fait que fondre sur le village à toute allure, à eux seuls aussi bruyants qu'une multitude de bêtes saccageuses. Ils stoppaient net là où les anciens se tenaient, avant même que la poussière retombe exigeaient armes braquées le fruit des récoltes, enlevaient en riant une jeune fille ou deux.

Ton frère, terrorisé comme nous tous, a dû envier leur puissance. Le jour où il a disparu, dans sa douzième année, j'ai su que, comme d'autres avant lui, il les avait rejoints.

Ta mère ne voulait pas l'imaginer. Le voir se croire guerrier au milieu d'eux alors qu'il n'était que leur jouet, de la chair tendre et vibrante, facile à tailler pour la férocité, ça a tué mon Ezokia avant même les coups, les tirs à l'aveugle, toute cette fureur dont tu ne peux pas te souvenir et pourquoi t'en aurais-je parlé ? Mais peut-être est-ce la rage de ton frère qui est revenue par ta main.

Aux premières lueurs du premier matin, je trouve une anfractuosité dans la roche et nous nous y glissons pour dormir et patienter jusqu'à la nuit suivante.

Nous n'avons rien bu ni mangé mais tu ne pleures pas. Quand je détache le pagne et t'attrape par l'épaule pour t'allonger, ta bouche reste accrochée à mon dos et je dois tirer un peu fort et sec pour nous séparer. On dirait que j'ai tranché quelque chose de vif ou pincé le tuyau où tu puisais l'air. Tu hurles, tu gigotes, tu te noies, vermisseau. D'abord je m'affole, hurle et gigote aussi, homme ignorant que je suis, qui n'ai jamais eu à m'occuper d'un nouveau-né, et puis je comprends. Je te cale serrée au creux de mon aisselle, te couvre sans peser. Je suis ton monde et tant que ta peau le perçoit, tant que tu me respires, m'avales presque, tu ne sais pas que tu as faim et soif.

Tout le temps de la fuite et ici dans ce pays des années encore alors que tu n'as plus jamais à te coucher l'estomac vide ni moi à faire le tampon entre toi et les bruits et les mouvements d'un nouveau massacre (parce que l'horreur n'est pas la mort mais la perception de sa venue), tu ne t'endormiras qu'ainsi : la tête nichée sous mon bras.

Dans ce creux tu dois croire que c'est la nuit : tu ne te réveilleras pas avant le soir mais, à ce moment-là, affamée.

Pour moi, chaque seconde de cette première journée est une interminable valse avec la désolation. Je tombe par instants dans le sommeil où la douleur du deuil est aussi, plus ample encore puisqu'elle est tous les éléments des cauchemars qui m'y guettent. J'aspire, vois, entends, bois la douleur et ce sont mes propres sanglots, les hoquets de la nausée, qui me réveillent. Et ainsi encore et encore jusqu'au soir tandis que toi tu ne bouges pas. Je n'ai pas faim ni vraiment soif. Je deviens pierre dans le ventre de pierre où nous réchappons.

Quand l'obscurité revient je te déloge le plus délicatement possible. Mais la douceur de mille mères ne pourrait empêcher ton cri, car à nouveau le monde te saisit.

Ta faim est impérieuse. Tu tords la bouche en tous sens, frottes ta tête pas plus grosse que mon poing contre mon torse, t'y cognes comme à un mur alors je ne veux plus être une pierre.

Je te remets au dos, respire mieux de sentir que tu t'y apaises et je nous lance dans la nuit. Au loin je devine les lueurs d'un village que j'ai déjà traversé maintes fois pour gagner la ville. J'y dégotterai bien à te mettre au sein d'une femme.

Et je trouve toujours : des cachettes, à t'alimenter et moi, ensuite, quand je te sais sauve. Je repère aux grappes d'enfants les mères nourricières, guette l'occasion de les approcher sans attirer l'attention, calme d'un geste et de quelques mots rauques – ma gorge est rongée de suie, silence et deuil – leur surprise, leur méfiance, et les convaincs de te laisser boire.

Aucune ne refuse : elles te voient dans mon dos, petit crabe se desséchant rivé à son rocher. Certaines ajoutent un peu du peu qu'elles ont pour que je mange et boive moi aussi, et que mes jambes nous portent loin.

Des jours et des jours se répètent ainsi, ou plutôt des nuits car notre vie est à l'envers et c'est du crépuscule à l'aube que nous avançons. Je crois que nous allons à l'opposé des tueurs mais je ne veux pas encore prendre le risque de la lumière et de nous exposer. Y serai-je jamais prêt ? Je les emporte avec nous ceux qui t'ont faite mi-orpheline et moi tout veuf, ceux qui n'ont laissé de notre village que cendres et chair sans vie, qui pourrirait.

Au moindre bruit quand nous attendons le noir dans les bois, au milieu des rochers, au fond des cases où les plus accueillantes, peut-être les plus esseulées des femmes nous allongent, nous lavent, massent mes pieds meurtris et chantent à mon épaule où niche toujours ta tête, je crois qu'ils nous ont retrouvés.

Pourtant, je sais qu'ils ne nous cherchent pas. Nous ne sommes rien pour eux, pas même des ennemis. De la broussaille qu'on brûle pour dégager la voie, du grain à moudre, à broyer parce qu'on le peut et qu'à leurs yeux, vraiment, nous ne sommes rien. J'entends un bruit et c'est ton frère qui vient, qui nous débusque, nous achève. Je ne peux pas encore m'arrêter car vois-tu, Adama, c'est en moi que les bourreaux ricanent et pourquoi t'aurais-je raconté cette folie ?

Vient le moment de tenter le jour. Je veux gagner la côte d'où l'on dit qu'il est possible de passer sur le Continent Blanc.

Au village, quelques-uns recevaient goutte à goutte des nouvelles et de l'argent d'un fils ou d'un frère, plus rarement d'un couple ou d'une famille entière qui y étaient parvenus. D'autres, après des mois de silence, finissaient par apprendre l'échec d'un des leurs, sa disparition à peine notée au fond de l'océan ou plus anonyme encore parmi les dizaines folles d'espoir qui avaient voulu escalader le haut grillage marquant – comme si la mer et la misère n'y suffisaient pas – la frontière entre notre terre et le lieu des promesses. Si peu y parvenaient que c'était aussi une manière bravache de suicide. Vous ne voulez pas de moi chez vous ? Prenez mon cadavre ou ma liberté, autant dire ma vie. Voyez-moi !

Je n'étais pas comme eux. Avant le massacre, je n'avais jamais songé à partir. Je connaissais l'ailleurs par la télévision que, dans le village, certains possédaient. Ce qu'on y nommait richesse ne m'attirait pas. Nous mangions presque toujours à notre faim, rions, dansions, chantions beaucoup, n'étions jamais seuls à moins de le vouloir, quand s'imposait un temps de prière ou de certaines décisions qui ne se prennent que face à soi.

J'aimais que nos enfants grandissent tous ensemble, qu'en bande qui à pied qui sur leurs mobylettes rafistolées ils soulèvent la poussière sans qu'on ait à trop s'inquiéter. J'aimais que les jeunes parlent aux vieux avec déférence, mais fiers aussi, conscients de leur vitalité et, sans en être effrayés, de ce que très vite on attendrait d'eux : être en charge, prendre le relais quand nous serions usés.

Ici la bande est une menace et vous laisser un peu libres revient à vous abandonner. J'ai accepté que le monde se glisse entre toi et moi et regarde, mon Adama, regarde où le monde t'a conduite ! Regarde où il t'a jetée ! Ici vous crachez sur nous, les anciens qui vous sommes plus étrangers que le moindre adolescent arborant vos signes de ralliement, répétant, stupide, les pauvres mots qui sont votre maison, vos barbelés où nous nous écorchons.

Et comment pourriez-vous nous respecter, nous qui vous maintenons malgré nous entre des tours grises et délabrées, nous qui nous sommes imaginé qu'on peut élever des enfants sans jamais leur montrer l'horizon ? */ et la Cindy, là, elle a fait le bonhomme ; elle voulait le keum de ZorA. Ça pétait aux yeux qu'elle le voulait. Déjà elle parle pas pareil quand il... Elle parlait pas pareil, elle parlera plus, là, putain... quand elle voyait qu'il était là le Kev avec son air de bégé trop content de lui, je sais pas ce qu'elle lui trouve Zo mais bon, ça s'explique pas et je critique pas je ferme ma bouche et quand je vois que la Cindy, là, elle fait sa chatte dès qu'y se pointe, elle rigole pour rien, elle relève ses cheveux de blonde fake ça se voit trop aux racines, c'est nul, elle met son boule en arrière, t'as qu'une envie c'est* *d'y coller la main ou le pied suivant t'es qui, moi c'est le pied.* /

La vie que tu n'as pas eu le temps de connaître, ma première et ma seule vraie vie, n'avait pas l'opulence qui vous fait rêver mais chez nous, dans notre coin de Terre Noire où ne s'était abattue nulle famine, nous avions l'essentiel avant que les hordes de soi-disant rebelles commencent leurs ravages.

Je n'ai jamais oublié que nous sommes ici non pour y être heureux mais parce que là-bas nous n'aurions tout simplement pas vécu.

Toi à qui je n'ai pas expliqué que le quotidien médiocre, à toujours compter, l'appartement aux murs de papier laissant entrer les humeurs voisines, où nous nous croisons sans presque nous parler, les pans d'herbe pelée entre le béton, où vous étiez censés jouer, sont aussi notre salut, toi qui étouffes ici comme dans une monstrueuse contention, comment pourrais-tu ne pas ruer ? Je ne voulais pas que tu partages ma douleur. Je voulais que pour toi au moins tout commence ici.

La première fois que nous cheminons en pleine lumière, je suis terrifié. Je me mets à te parler sans cesse. Je prétends que je te rassure, que ma voix te garde endormie ou calme, mais c'est à moi que je dois encore et encore rappeler pourquoi nous sommes là, à cuire vifs et nous éloigner du seul lieu au monde où je suis chez moi.

J'y suis né, y ai grandi sans heurts, dans un enchaînement que je peux qualifier d'heureux maintenant que je le sais à jamais perdu. J'en suis parti, enfant, pour aller au dispensaire ou rendre visite à des cousins installés en ville, plus tard pour suivre des études qui m'ont surtout mené à ta mère et je suis rentré chez moi l'épouser.

Nous l'avons pris, nous, ce relais que mes parents nous tendaient. Une école, des cultures toujours améliorées, nous étions gros de mille projets. Très vite ton frère est né puis trois autres, morts à peine sortis du ventre. On croyait à une malédiction mais pour quelle faute ? L'orgueil ? L'arrogance que donne le bonheur facile : une mangue juteuse cueillie et dévorée en omettant de s'extasier de sa saveur, de remercier le sort bienveillant, sans parler des dieux – oubliés alors même que nous nous croyons élus.

Au moins Jep poussait fort et droit, semblait se charger de vivre pour les petites âmes dont le monde n'avait pas voulu. Il avait de l'entêtement et de l'appétit pour quatre, s'endormait comme on boit lorsqu'on est assoiffé puis s'éveillait parmi les premiers, aussitôt debout, pressé d'en découdre avec sa journée. Nous étions comblés mais presque timides face à lui tant sa vigueur et sa faim en imposaient.

À l'école, on l'a d'abord béni pour sa vivacité. Puis on a déchanté. Il embarrassait. On le disait brillant mais raisonneur et vite agacé par les mous et les lents. Furieux, même, contre qui le freinait. Il a dû voir dans la meute bardée d'armes et embarquée pour la terreur sur des engins rapides et rugissants l'incarnation de son impatience. Eux comme lui voulaient dévorer.

Il a fallu que nous soyons aveugles ou trop occupés à l'aimer, notre unique enfant, notre fils éblouissant, pour ne pas avoir anticipé son départ ni notre répudiation.

Longtemps nous avons été dévastés et honteux. La bouche empâtée de colère contre Dieu savait qui et nous ne pouvions plus nous parler. Mais il y avait les corps, la nuit, nos corps meurtris, et tu nous es venue.

Adama, j'ignore les raisons de ton crime. Oui, il faut bien, même si ça me donne envie de te battre et aussi de te consoler, ma petite fille, ma dernière-née, pour la paix désormais impossible, il faut bien parler de crime.

Le feu s'est propagé depuis les boîtes aux lettres et l'on sait, mon Dieu, que, pour une obscure raison, vous l'avez déclenché, toi et ta troupe que je n'ai pas vues quitter l'enfance.

Je les entends, en bas, qui s'épouvantent de dizaines de morts et parmi eux, te rends-tu compte ? des tout-petits, un bébé même, je crois. Ils ne grondent pas encore, ne réclament justice ni ne crient vengeance, nos voisins, nos compagnons d'ici. Ils se tiennent ensemble, se lamentent en chœur et pour l'instant cela leur suffit. Je connais cette hébétude qui précède la révélation. Et alors la déchirure en soi qu'ils voudront ravauder par la désignation cathartique des coupables, par la légitimité d'une colère collective au nom des victimes. Mais ça bée, rien à faire. Je peux en témoigner.

J'ignore si tu as été prise par la folie du groupe, peut-être même une simple et fatale inconséquence – vous étiez trois et toutes je vous ai vues grandir, vous choisir et vous éprouver d'âge en âge, rester soudées, traîner votre ennui au bas des tours quand vous n'avez plus su inventer des mondes –, ou si, au contraire, tu l'as attisée jusqu'au feu fatal. Je te connais si peu aujourd'hui. / *quand je vois ça et qu'elle jette des regards au Kev et lui y peut pas s'empêcher de baver comme un pervers avec ZorA sous le bras, et ZorA elle voit nada, pas son Kevin chaud comme la braise en tout cas parce qu'elle a la tête coincée sous l'aisselle du gars et lui, pendant ce temps, y peut mater et avoir le beurre et son bif, et moi je perds rien ni ZorA qui se la joue love alors qu'à l'étage au-dessus, ça mate grave ailleurs, ni les conneries de la Cindy, là, et de Kevin le traître, ni NabilA qui lui en collerait une au bégé et à la blondasse si elle avait pas peur de faire de la peine à Zo et ça, c'est sacré, si entre PrincessA on se respecte pas, qui, hein qui ?* /

Ce que je sais, c'est qu'heure par heure, il y a quinze ans, kilomètre après kilomètre, je nous arrache au drame, à la peur et tu es de nous deux la plus endurante, la plus concentrée sur la nécessité de fuir.

Tu ne te permets, minuscule, aucune colère ni rien qui pourrait nous ralentir. Une fois pour toutes, le pli est pris de ton apparente abnégation. Même ici, même quand je te confiais, les premiers temps, aux soins de voisins encore quasi inconnus et à peine aimables pour aller travailler, même quand j'exigeais de toi, à l'âge où tu aurais dû cavaler et rire, le silence entre nos murs parce qu'il fallait que je me repose un peu du vacarme des journées à casser clouer poncer déplacer jeter, ou des ménages de nuit dans le labyrinthe de bureaux désertés, à deux heures de transport de là où nous vivons.

À mesure que nous fuyons, j'offre mes services au hasard des rencontres et de nos haltes. Trouver où et à qui te laisser n'est jamais difficile. Entre deux vieilles sur un marché, au dos de jeunes filles menant comme troupeau des traînées d'enfants, au seuil d'une case ou à l'ombre d'un arbre où somnole un ancien, tu te tais, tu m'attends, me dit-on quand je te récupère.

C'est à la fois un crève-cœur et une incitation. Va, sembles-tu dire en te mettant en pause du monde d'où j'ai disparu, va et ne crains rien car je m'effacerai, me ferai plus invisible qu'une pensée.

Je vais donc, braconnier parmi des centaines dont le gibier, rare, est l'emploi de fortune. Un camion nous embarque pour quelques dizaines de kilomètres et me voilà enrôlé en même temps que d'autres errants sur un chantier où se construit une villa somptueuse, tentaculaire, absurde au beau milieu d'un nulle part aride. Méfiants et hantés, c'est mâchoire serrée que nous nous affairons.

Victimes et bourreaux sans doute se côtoient dans cet univers brouillé par l'urgence de fuir, quelle qu'en soit la raison. On sent cette confusion, l'impossibilité de se fier. On sait que certains ont déjà eu dix vies, tantôt chasseurs tantôt chassés et toujours prêts à incarner, dans l'instant, qui bon les sauvera. Ces hommes-là, la majorité que nous croisons, ne savent plus qui ils sont. C'est aussi pour cela qu'ils se taisent. Pas seulement parce qu'ils ont peur ou sont tellement concentrés sur leur projet d'exil qu'ils en sont comme calcifiés. Les mots des mercenaires du départ sont des baudruches : vides, servant uniquement à parer aux besoins ou à leurrer.

Les femmes, sur ce chemin, sont différentes. Désespérées, souvent. Il faut l'être pour quitter même le peu qu'on possède et endurer ce que nous avons enduré, mon oiseau, mon cœur palpitant.

Elles sont fortes, aussi, ces mères, ces filles, ces sœurs, ces épouses. Désespérées et fortes. Ce sont elles qui portent le flambeau : le défi d'un enfant au ventre ou ceux qui y pousseront tels des cris de révolte face au calvaire des marches interminables, des cachettes pouilleuses, des mille épreuves imposées par le sort ou des dieux inutiles, ceux qu'elles emmènent avec elles, des plus ou moins vaillants, des meurtris, des affamés, des braves et des tremblants mais là ! Mais vivants ! Comme toi, mon Adama, mon cœur de secours qui alors d'aussi loin qu'il soit double le mien, est le rythme et le chant de mon effort. / *ouais elle m'a chauffée grave. Mais tranquille, on s'en bat les couilles de Blondie, y aurait pas eu la war et je serais pas là si on les avait pas cramés les deux à mordre dans le même kébab emmêlés comme des sales. NabilA elle a dit on les pile sur place mais en même temps on avait trop la haine et la honte pour Zo et peur de lui crever son cœur, elle y croit Zo, on savait pas comment lui annoncer ça, que son bébé love se tapait n'importe quoi pendant qu'elle se la racontait man de ma life et on va se barrer ensemble à Saint-Trop' et faire plein de mômes trop bien sapés chaussures et barrettes assorties à mes sacs tu vois, toute la journée elle nous bourrait les oreilles avec sa story à paillettes. Donc on a préféré se barrer rapide genre on a rien vu et on l'a cherchée, Zo. /*

Je serai tour à tour semeur aux champs récalcitrants, maçon sans formation, cantonnier cuisant au soleil ou tentant d'oublier la pluie, docker corvéable jusqu'à l'étourdissement et pêcheur à la main, au filet, à la canne quand nous atteindrons enfin la mer. Et je nous ferai des festins de têtes de poissons.

Car les jours, les semaines, les mois auront passé et, faute de lait, tu mangeras ce que je mange. Tu ne feras pas semblant ! Ton appétit est patient, ne se déchaîne qu'au moment où je nous ravitaille. Mais alors c'est un petit ogre que je dois rassasier. Ma faim, même après les plus durs labeurs et les jeûnes prolongés, est dérisoire en comparaison de ta voracité. Mon désir de me nourrir même mal, même de ce dont d'autres n'ont pas voulu, n'est rien face à ton impérieux besoin de te remplir. Tu manges sans plaisir mais avec un sérieux et une obstination qui m'amuseraient si je n'en étais pas chaque fois saisi et, au fond, dévasté : notre périple a fait de toi une machine à vivre.

Une machine à vivre, Adama, pas à tuer. Pas à allumer quinze ans après feu pour feu.

La nuit est sale, dépose à chaque inspiration sur la langue, au palais et jusqu'aux entrailles le goût même de la terreur. Elle sera longue et je vais d'ici l'aube me poser mille questions. Mais je sais, ou plutôt je veux croire que demain, quand je viendrai te visiter, ma de nouveau fragile dans l'enfermement et la compréhension progressive – goutte à goutte infusant ta conscience jusqu'à la révélation : l'horreur de ton crime –, tu jureras que jamais, oh jamais, tu n'as voulu ce désastre, ces morts dont, comment te mentir, tu ne te remettras pas. Ou si tu t'en remets c'est que tu te seras arraché ce qui en soi rend humain, ce lieu profond où se mêlent joies et souffrances. Alors tu ne serais plus Adama, mon enfant sauvée, baptisée par la terre et le sang, et je devrais, après tout ce temps, t'abandonner.

Autant m'abandonner moi-même. Sans toi, sans le triomphe de ta survie et la belle idée de ton avenir même terne à tes yeux (ce fut mon erreur, ne pas voir ce que tes yeux voyaient : de la laideur et de l'ennui), même peu glorieux, j'aurais été vain. Un corps creux qui tombera à l'instant de ce constat. Une carne acceptant l'abattoir.

Ma vie, depuis le jour où tout ce que j'avais jamais aimé en dehors de toi fut détruit, a été ton embarcation. Uniquement cela. Tout cela. Quoi d'autre ? Que peut vouloir un homme humble et seul si ce n'est emporter son enfant le long des jours ?

Et dans l'embarcation de fortune qui nous promet le Continent Blanc, à nous et aux dizaines entassées, c'est bien ce que je suis. Pour toi n'existent que ma voix, mes traits, les contours de mon corps endurci par des mois de labeur, de marche, de famine. Je te garde contre moi, te parle, maintiens vivant le lien qui nous rattache encore à ta mère, au monde d'avant.

C'est plus tard que je me tairai, que je t'offrirai l'amnésie en guise, croirai-je, de protection. Pour l'heure, je couvre le bruit écœurant de l'eau, ce bruit que nous respirons voyons avalons contenons, ce bruit de l'eau folle frappant contre la coque et de l'eau puante clapotant sous nos pieds, sous nos dos quand nous sommes allongés enchevêtrés, je couvre les râles des plus affaiblis, des effrayés, des violents cherchant à affronter peu importe qui ou quoi, rêvant sans doute d'espace et donc d'élimination. Je couvre, en te parlant, l'entre-deux – mort/vie, lieu noir/lieu blanc, hier/demain – où nous allons des jours durant, suspendus comme viande dans un temps qui n'est pas fait pour être vécu mais franchi, respiration réduite au plus mince filet, rêves bridés, métabolisme à l'économie, et je t'emporte, ma valeureuse, emmaillotée dans les mots du pays que nous tentons de fuir.

Tant que tu es ce petit corps vaillant, sans besoins que vitaux, sans mouvements ni projets qui ne soient liés aux miens, je peux te protéger. Même quand la mer, sombre puissance (c'est la nuit), dresse des murs autour de nous, ajoute la menace du naufrage à nos tourments.

Même quand, enfin parvenu aux abords d'une île au nom scandé avant et durant le voyage, Portadora, Portadora, Portadora – et qui court maintenant de bouche en bouche, devient chant –, notre bateau sans capitaine (ou inutile, improvisé à l'heure du départ, gueulard pour couvrir son incapacité à nous mener) ne peut faire autrement que s'échouer.

Oui, même là, je peux nous jeter dans l'encre vive – je sais nager ! –, m'approcher au milieu de quelques autres de la terre convoitée en tenant ta tête d'épingle hors de l'eau, je peux tendre les bras vers nos sauveurs et enfin te confier. Et te voir, grenouille ébahie, passer de mains en mains au-dessus des flots jusqu'au sable sec où d'autres bras t'attendent, te reçoivent et te bercent en oubliant que tu n'es pas souhaitée ici. Tu hurles que tu es vivante – pour moi ? Pour la nuit et le monde qui t'a déjà tant malmenée ? – et ta victoire, ta colère sont si véhémentes que le rire éclate autour de toi, se propage à la vitesse du feu. Il m'atteint, me lèche, me réchauffe alors que je sors à mon tour de l'eau noire et te rejoins. J'ignore d'où vient cette joie brièvement partagée mais elle est aussi sacrée, aussi nourrissante que le pain. C'est encore un baptême. Pour toi et pour moi. À cet instant je me convaincs que le passé ne nous a pas suivis. / *on avait pas eu le temps de décider on crache rien pour pas faire mal à Zo ou on lui dit, parce que quand même, c'est notre sister à la vie à la mort, t'oublies ton connard de mec, en plus y en a dix autres qui pleureraient leur mère pour elle tellement elle est douce ZorA, tellement c'est une bombe, une vraie, pas une qui doit se déguiser en pute pour qu'on se dise tiens t'existes toi, j't'avais pas vue.* /

Oui, tant que tu es ce petit corps confiant je peux te protéger. Même lorsqu'on nous conduit au centre, nous les indésirés, les coupables de chercher abri.

Car je me mentais et te mentais encore en prétendant tout à l'heure qu'en cette nuit de drame tu dors enfermée pour la première fois. Tu as été arrêtée, contenue, empêchée parmi des dizaines d'autres au début de ta vie, mon Adama, t'en souviens-tu ? ton petit corps d'alors forgé déjà de tant d'incertitudes, ramassé pour composer avec ce que malgré ou à travers moi tu avais à vivre, ta personnalité entière prise dans un noyau inaccessible à quiconque aurait cherché à la deviner. C'était là, au fond de toi, attendant – j'en pleurais d'espoir – l'occasion de se déployer, se préservant pour l'air libre avec une sagesse et une patience qui ne pouvaient venir que de nos vieux restés là-bas, ces morts bienveillants, de ta mère aussi qui, à coup sûr, ne nous avait jamais vraiment quittés.

Toi, donc, tu gardais au-dedans les rires merveilleux, les explosions de joie pure, les chagrins sans racines et sans lendemains, tout ce qui d'habitude est le propre du très jeune enfant. Et je n'étais pas inquiet parce que je savais que tout cela t'habitait en secret. Je le devinais à cette incandescence dans ton regard, refusais d'y voir aussi le souvenir du feu, sa survie de braise enfouie, à jamais menaçante.

Suivront, là où on nous enferme après nous avoir sauvés, des jours de grande confusion. Je te l'avoue aujourd'hui, je ne suis pas loin, alors, de renoncer mais vers qui et quoi revenir ?

C'est uniquement cela, le désert que nous avons laissé, qui par défaut me tient volontaire. Tant que nous avancions, toi, moi, parfois de brefs compagnons, le courage et la force trouvaient toujours à se nourrir assez pour que, matin après matin, ils aient à nouveau diffusé en nous le désir de se tenir droit, de vouloir on ne sait quoi plutôt qu'abandonner.

Mais au centre tout se dissout, dans cette impuissance, cet empêchement de verrous et de béton, tandis que les rumeurs se succèdent, traversent le petit peuple des retenus risée après risée : on va nous battre, on va nous libérer, on nous renvoie, on veut nous parler, nous entendre mais la vérité est-elle la clé ? À chaque vague, ça s'agite, ça se redresse ou s'effondre selon qu'on espère ou craint. Nous sommes une mer dérisoire et tu y es un peu noyée. Je veux croire qu'en te gardant encore et toujours contre moi, en te sachant nichée où tu aimes, sous mon bras, la plupart du temps que nous passons dans cet endroit où j'apprends le sens d'"étrangers", je t'épargne, je te soustrais à notre masse abêtie.

Mais bien sûr tu es atteinte. Bien sûr les doutes, le découragement, l'humiliation au milieu desquels nous sommes ballottés s'incrustent en toi comme une crasse. S'accumulent encore quand on nous déplace, vers le Continent Blanc, certes, et donc, d'une certaine manière, victorieux, mais dans un autre endroit clos où l'on nous tient ignorants de ce qu'il adviendra.

Pour nous y emmener on nous range dans un avion tels sardines inutilement serrées quand la boîte autour est spacieuse. C'est qu'on nous surveille mieux en paquets qu'éparpillés.

Je ne suis jamais allé plus haut que le haut d'un grand arbre. Je n'ai jamais éprouvé le vide où se hisse en grondant et vibrant l'engin qui, je le crois d'abord, va se désagréger et nous dedans dehors évaporés, et peut-être enfin la paix mais je veux que tu vives alors je te tiens, je prie, je ferme fort les yeux jusqu'au calme, à l'immédiate évidence du vol et je te regarde à ce moment précis : tu souris jusqu'aux cheveux. Je t'ai tant portée que tu reviens chez toi quand ce grand corps-là nous soulève et nous promène sans efforts parmi les nuages. J'apprends de toi. Si tu n'as pas peur, je suis confiant. / *on est arrivées et Zo nous a dit elle restait pas parce que bébé love l'attendait seul chez lui, la mère était au taf et comme quoi il délirait master chef et lui préparait un meal de ouf avec les bougies et de quoi tiser mais la classe, du vin, pas des canettes et tout, et là, NabilA, la plus rageuse des PrincessA, elle a pas pu, elle a dit mais ton Kevin y bouffe dans la bouche de la Cindy, là, pendant que toi t'es sur TF1 dans ta teuté.* /

Dans le nouveau centre, plus grand plus crasseux plus grouillant d'une population en suspens, la tension est constante. Tout trahit l'éphémère, le minimum nécessaire pour un accueil qui ne devrait pas durer.

Et pourtant certains disent être là depuis des années. Des enfants y naissent, n'ont du monde que cette étouffante préhension.

Ceux-là ne sont pas plus malheureux que toi, qui te rassasies chaque jour de ce que je te donne : ma tendresse et ma protection, ma volonté de nous conduire jusqu'à un ailleurs où nous pourrons vivre et qui ne peut pas, ne doit pas être ce lieu d'un transit étiré jusqu'à l'absurde.

On l'apprend vite : pour sortir il faut demander asile, et l'asile n'est offert qu'à ceux qui peuvent justifier sa nécessité. Maintes fois je dois raconter la horde sanguinaire, son déchaînement sur notre village, un fléau dont rien ne réchappe. À part nous, mon Adama, qui nous sommes couchés si près de la mort que nous l'avons trompée.

La mort, nous l'avons vaincue mais il faut la dire, la détailler, à cette femme qui parle notre langue et écoute et traduit à cette autre femme (ou non, ou mal, comment savoir ?) ce que nous avons cherché à fuir et pourquoi nous ne voulons ne pouvons ne devons pas rentrer. Je retrouve l'effroi et le chagrin, je les laisse remonter de là où je les avais enfouis et qu'on les voie, qu'on n'ignore rien de ce qui nous a fait échouer ici. Je suis de nouveau l'homme anéanti.

J'en fais le serment alors : une fois là où nous pourrons être en vie sans avoir à justifier, détailler, exhiber la moindre seconde nous ayant conduits avec tant d'autres à l'exil, plus jamais je n'emprunterai le chemin des mots qui me ramènent au drame. Nous serons neufs et tu auras le droit de croire aux promesses du monde.

Je ne désire rien d'autre, n'ai pas de rêves plus puissants que celui de ta foi sauvée. Je ne compte pas. Mon âme ne compte pas. Je sais déjà que je suis un mort mimant le souffle et le mouvement à seule fin de couver en toi le désir de vivre et d'espérer. Mon âme est un cimetière où repose le souvenir éblouissant de ta mère, où se désagrègent peu à peu les images heureuses de ton frère avant sa trahison. Je n'y cultive rien d'autre que ce passé dévasté. Aussi puis-je y enfouir tout ce qui est sombre, l'indomptable chagrin et le spectacle du crime. C'est une parcelle de terre damnée qui absorbera, je le crois, tous les poisons. De moi à toi je ne veux laisser circuler que ce qui sait encore être vivant. Et jusqu'à cette nuit je suis convaincu que pas à pas, avec du silence et de l'attention, je te fabrique du bonheur ou au moins de la paix.

Même dans ce centre où le temps, décidément, s'est arrêté, où je crains à la longue d'échouer à t'offrir la liberté. Les heures collent, s'égrènent sans autres repères que les repas fades, la toilette rudimentaire et les visites erratiques de ceux qui, se répète-t-on, sont susceptibles de nous aider.

Ils viennent avec leur brassée de questions, touillent narines pincées ou au contraire saisis de cette sorte de fièvre non moins écœurante des aspirants à la sainteté pour qui nos malheurs sont une promesse de hauteur, touillent et touillent, donc, dans nos marigots, dans la banalité de la misère ou les métamorphoses infinies de la cruauté, touillent et touillent et certains, on le voit, sont sincèrement atteints, refoulent de véritables larmes, sont tout secoués d'indignation.

Mais j'ignore encore aujourd'hui, ma fille enfermée, si la sincérité est utile aux damnés que nous sommes alors. Sans doute, oui, sans doute agit-elle comme un mors, aux dents des plus féroces, des plus indifférents. Sans doute les offusqués et leurs démarches, leurs déclarations, leurs manifestations, leurs pétitions tirent-ils un peu sur la laisse de ceux que le mépris et une rage venue d'on ne sait où, car nulle lignée n'échappe à la nécessité d'inventer sa survie, poussent à nous traiter non comme des hommes mais comme une maladie.

Alors, jour après jour, je répète quand on le demande le récit de ce qui nous a conduits là, toi et moi, et je maudis, menace de mille maux quiconque ose insinuer que peut-être tu n'es pas à ta place auprès de moi, qu'il faudrait un semblant de mère à cette enfant. À maintes reprises on me décrit des lieux où, si je tiens à toi, je devrais avoir le bon sens de te laisser être emmenée. Mais je dis qu'un tel lieu n'existe pas, ou si : ce sont mes bras, mes mots, mes yeux qui ne te quittent presque jamais. Je suis l'unique lieu où tu peux être. Je suis prêt à fuir encore si on n'entend pas cela : que la paix est loin. Et tant qu'elle se refuse je ne lâcherai pas ta main. / *et au début ZorA elle voulait pas la croire et elle m'a regardée genre elle délire, hein, NabilA, elle mytho ? Moi je lui ai juste serré le bras et j'ai vu la flotte dans ses yeux d'un coup mais pas longtemps, comme quand on se prend l'orage et qu'on est trempé en deux minutes et après tout redevient bleu et calme et si tes fringues te collaient pas genre t'as fait piscine tout habillée, t'as rêvé tu croirais. Ouais, dans les yeux de ZorA ça a vrillé pareil, du déluge au gun. /*

Ce qui nous sauve la nuit où un feu, à nouveau, aurait pu nous emporter. Car ta peau de doux papier brun, ta chair tendre sentent avant mon cuir tanné la chaleur anormale, s'irritent des fumées. Comme chaque nuit, tu es nichée contre moi et en t'agitant tu me sors d'un sommeil profond, tu me tires de ce puits où fermente ma douleur, où l'oubli m'est refusé. Le chaos est tel lorsque j'ouvre les yeux que je pense être simplement passé d'un cauchemar à l'autre, si vivant que rien ne le distingue du réel. Ils trompent, les cris, la suie, les cavalcades hagardes, l'obscurité âcre qu'on avale, gagnée par un rougeoiement que je reconnais aussitôt, qui me propulse sur mes deux pieds, plus qu'éveillé maintenant, sens aigus comme au temps de notre première échappée.

Tu n'as pas lâché mon flanc, tes petits bras noués autour de moi, confiants même là, dans le vacarme et la terreur épaisse : un mur de corps courant à l'aveugle, se cognant se piétinant s'agrippant afin de se hisser ou peut-être seulement de sentir l'autre et se calmer assez pour avancer dans la mer sombre, hostile, mauvaise. Un mur mouvant entre nous et l'air respirable de la nuit au-dehors. Que, je ne sais trop comment, nous franchissons.

Et je me dis soudain en repensant à votre geste, filles folles ! têtes creuses ! que le feu évité deux fois mais qui avait déposé son haleine en toi (je me souviens d'une pellicule épaisse dans tes oreilles fines et tes minuscules narines et aux coins de tes yeux, je me souviens qu'il faudra des jours et des jours avant qu'elle disparaisse complètement, que tu cesses de pleurer et moucher noir et comment j'en suis étrangement bouleversé. À voir cela s'écouler, sans fin, dirait-on, j'ai peur que la mort et l'ombre ne te quittent plus), oui, je me dis que le feu en toi attendait depuis cette nuit-là. Je l'avais su alors et puis nous étions repartis en quête d'un endroit où vivre et peut-être recommencer, toi, au moins, à rêver, et j'avais voulu l'oublier. Ce sont des heures, des nuits, des jours où le mouvement suffit, prend le pas sur la pensée.

Le désordre du danger nous a coulés hors du centre comme lave. Partir est à peine une décision. Je vois bien que la plupart de nos coretenus ne songent même pas à s'éloigner. Pris dans une toile invisible qui est peut-être leur fatigue, peut-être de la peur ou simplement l'idée qu'ici ils sont d'une pauvre façon à l'abri, que fuir signifierait de nouveau chercher : à manger, où dormir, où se laver, et tout cela vers où ?, ils se tiennent par grappes autour du bâtiment en flammes, toussent et pleurent et sont déjà à raconter ce nouveau malheur, font de tout bois légende contre la réalité.

Je ne veux pas pour nous, pour toi, d'une telle résignation. Mes jambes ne le permettent pas, répètent ce qu'elles ont su faire et refaire avant l'enfermement : je cours et toi, petit cavalier dans mon dos, toi qui retrouves aussitôt le génie de la fusion, pesant moins à l'instant où tu prends place, bras à mon cou, jambes calées sur mes hanches, tu t'occupes de ne pas tomber.

Dans la masse jamais dénombrée des exilés en suspens, ces fantômes, probablement personne ne s'apercevra que nous manquons. Ou alors dans quelques jours seulement, quand ceux qui disent nous aider reviendront avec leurs questions, leurs formulaires, leur perpétuelle danse entre mépris et compassion. Peut-être alors remarqueront-ils la disparition de ce père assez fou, selon eux, pour ne pas confier son enfant. Nous ne le saurons pas. Nous sommes déjà loin.

Comme du temps de Terre Noire, nous fondons notre fuite dans la nuit. Comme alors, quelques animaux en maraude tiennent tour à tour à nous escorter. Est-ce ta mère qui les envoie ?

Le centre était à la lisière d'une ville et très vite, après avoir franchi une zone où prés, bâtiments et friches se côtoient, le béton brusquement l'emporte et nous y sommes.

Nous avons longé des rails jusqu'à la gare où nous entrons à l'aube. S'y mélangent déjà toute une population, silhouettes semble-t-il habituées des lieux : des voyageurs aux gestes mécaniques, à l'œil encore endormi, des errants comme nous, jeunes, vieux, en groupe ou cherchant au contraire l'isolement, et les employés des quelques commerces, bars, stands ouvrant peu à peu. Aux toilettes, en sous-sol, nous buvons et je nous nettoie tant bien que mal de la suie et de la poussière formant croûtes partout où la peau est exposée. Au centre, on nous a distribué des vêtements de saison, automne, hiver, je ne sais plus, et ce sont surtout nos mains, nos fronts et nos joues qui sont encrassés.

En découvrant mon reflet dans le miroir, sous la lumière crue qui débusque et creuse encore les ombres, j'ai un vertige bref : avec ces traînées grisâtres sur le noir bleuté de mon visage amaigri, j'ai l'air d'habiter les ténèbres. C'est comme si j'étais mort en chemin sans en avoir rien su. Je suis pris de panique, m'asperge, et frotte le masque effrayant. Sur la faïence, l'eau brunie me calme. Ton rire aussi, alors que, debout au bord du lavabo, tu te mets à m'arroser, d'abord pour m'aider puis sans autre raison que l'infini soulagement du jeu.

Un vieil homme qui lavait le sol au fond de la pièce a interrompu son mouvement pour nous observer. Je sais d'instinct qu'il n'est pas une menace. Il nous offre son regard doux et usé, s'approche en boitillant, invente pour toi deux ou trois grimaces en se baissant pour tapoter la masse drue de tes cheveux, fouille ses poches et en retire un billet froissé, qu'il me glisse sans sourire, sans parler. Tel est le mystère des hommes qui parfois s'aident et se comprennent et parfois se déchirent. C'est une affaire sérieuse et sacrée. Le vieux n'est sans doute pas beaucoup mieux loti que nous mais il n'est pas question de refuser.

Avec l'argent je nous achète de quoi manger un peu puis nous quittons la gare et nous nous enfonçons dans les rues étroites.

La ville est d'une beauté propre d'image. Le long des trottoirs agrémentés d'arbres et de fleurs, des maisons polies et serrées : petits tas de galets entourés de verdure et, çà et là, bien visibles partout où l'on se tient, des forêts d'immeubles miroirs. Y voir défiler les nuages te fait rire aux éclats. C'est encore ta confiance joyeuse qui me porte.

Nous nous perdons, qu'importe, tournons en rond, marchons longtemps et sans réelle fatigue. Quand nous nous arrêtons, dans des parcs, sur des bancs, c'est surtout pour vérifier que nous ne sommes pas repris. Pour la première fois depuis la nuit qui a forcé ton nom, j'entrevois autre chose que la fuite : la possibilité de vivre, oh même à peine mélangés au monde, même à bas bruit. Mais qu'au moins la course cesse.

Et je renouvelle en silence mon vœu d'effacer d'où et de quoi nous sommes venus.

Ce n'est toutefois pas dans cette petite ville-là, où nous sommes trop visibles, que je nous réinventerai une vie. / *elle a décollé du mur et elle est partie droit devant, quoi, pliée en deux, NabilA et moi on l'entendait grogner, pas crier pas traiter la Cindy, là, grogner, un pitbull en slim, talons et soutif dentelle genre pour sa soirée love, ouais carrément, un pitbull sex qui mouille pour son combat. On allait pas esquiver, les PrincessA, t'en cherches une les trois elles gèrent, on a suivi sans rien demander, une pour toutes comme dans ce bouquin au bahut, leurs mousquetaires, là. /*

Nous y traînons quelques semaines entre la gare (l'homme des toilettes t'a prise en affection, te garde auprès de lui quand je trouve des emplois de fortune ou qu'il me faut errer seul comme on chasse, concentré, à l'affût de tout ce qui pourra nous aider à atteindre notre but : la capitale du pays voisin), des jardins publics, des immeubles en construction, et ces zones de campements plus ou moins secrets que (là comme ailleurs, nous le découvrirons) sont devenus la périphérie, les bords du fleuve, les bois clairsemés aux portes de la ville. C'est aussi sur ces territoires de la clandestinité tolérée, d'une marge mélangeant trajectoires et visages, que tout s'échange : astuces, marchandises, inquiétudes et affection.

Aux abords de la gare, le long des rails, dans une tente tenue propre où l'on vient de partout le consulter, un homme jeune encore, l'un de ces destitués, médecin dans le pays qu'il a fui, te sauve même d'une affreuse fièvre et me donne de précieux conseils pour que le climat, plus humide et froid là où je dis vouloir nous conduire, ne te mette pas en danger.

Dans un autre de ces lieux sans nom que la nécessité aide à rejoindre, une nuit où tu t'es pour une fois endormie sans te nicher, je laisse une étrangère se couler le long de moi. Elle est vaste et douce et puissante et je cède à la fugitive évidence de ses bras. Je ne sais plus si je suis un homme ou un enfant contre ce corps, cette nuit-là, contre cette femme qui n'est pas mon Ezokia, mais je sais qu'elle me choisit et m'accueille et m'apaise et m'aime assez pour qu'au matin rien ne soit trahi.

Je ne connaîtrai plus que cela, de belles étreintes de hasard que je n'irai jamais chercher.

Ta mère est ma compagne. Je n'en rêve aucune autre. Elle est l'idée de la caresse sur la main tranchée. Son absence m'est fidèle, est toujours et partout avec moi, diffuse par bouffées vitales, poignantes, le souvenir de la joie.

Même au temps de la misère et de la faim, j'ai toujours été riche de cela. J'aurais dû te parler d'elle, de ses yeux doux, de son corps inspiré, dont j'ai imité tous les gestes pour que dans ce que je suis avec toi je sois un peu d'elle et que tu restes en vie. Car Ezokia savait ce que les mères savent et je le répète : j'étais ignorant. Mais ce qui m'unit à mon aimée défunte s'apparente à la foi, n'est pas moins indicible et, comme la foi, ne peut s'inventer.

J'ai à mille occasions voulu partager avec toi le refuge que sont pour moi sa présence d'ombre et la mémoire vive de sa voix, mais je craignais de dessiner les contours d'un manque, de nourrir ce monstre à force de paroles, et qu'il soit impossible à combler.

Or longtemps je jurerais qu'aucun vide ne te ronge. Tu es si neuve au moment de la fuite. Je crois voir que c'est elle qui te forge, qu'elle t'a faite solide et sensible à tout ce qui nourrit : tu repères infailliblement ceux dont le regard, la voix, l'expérience vont nous permettre de durer. Je le sais à ta manière de t'avancer soudain plus près d'eux, de babiller à l'intention de l'un la musique d'une conversation, de tapoter le dos d'une main pour y glisser la tienne en levant les yeux vers celui ou celle que tu as élu, que ton instinct t'a désigné – ainsi qu'une baguette la source dissimulée à tout autre –, comme un relais, une réserve, une étape essentielle sur notre chemin. / *elle est devenue ouf, Zo. Elle a foncé aux Bégonias, le bâtiment du Kev et sa meute de ienchs qui se croivent comme des loups mais tu vois pas : y a que la bave et les bruits de gueule. Y font même pas peur aux petits de CP.*

Elle nous parlait pas, elle se retournait pas pour nous regarder, c'était pas la peine. La vérité : Zo, elle savait on traçait derrière elle et si y fallait se tape, t'inquiète, on allait se tape direct et ça serait comme winner à l'euromillion : ça faisait trop longtemps on les avait les fourmis dans les poings pour lui apprendre le respect à Kevin. Mais fallait pas toucher au bébé love à sa ZorA d'amour.

Putain, si seulement on les avait pas gaulés le naze et sa blondasse... /

C'est d'ailleurs toi qui, dans un énième campement de fortune, t'attaches à l'homme pourtant silencieux et brusque grâce à qui nous réussirons enfin à partir. Tu le suis (il te faut faire quatre pas branlants pour chacun des siens), l'attends quand tu ne peux être avec lui ou qu'il t'a semée (tout de même, tu marches depuis peu, as appris cela aussi du jour au lendemain, sans qu'il faille t'encourager ni te fournir un appui – ou alors d'autres s'en sont chargés dans les moments où je devais te confier à leur garde). Tu finis par lui faire accepter ta présence de lionceau à peine plus haut que ses genoux.

Au bout de quelques jours le pli est pris : lorsqu'il s'assoit, il demande d'un coup d'œil mon approbation avant de te soulever du sol. Tu me regardes, toi aussi, tandis qu'il te hisse, et comme je te souris, tu acceptes de t'installer dans son giron solide.

C'est un homme jeune encore, à la peau plus noire que la nôtre, gravée au visage de traces que tu aimes suivre du bout des doigts. Lui, apprendra-t-on, est parti de son plein gré, a laissé derrière lui dans une ville impitoyable à laquelle il songe pourtant avec nostalgie – car cette ville était la sienne – une épouse et trois petits. C'est peut-être ce que tu as vu dans ces grandes mains et contre ses flancs, la tenace empreinte des siens.

Je n'y avais jamais repensé mais je comprends aujourd'hui que tu l'avais choisi certes pour sa détermination palpable, un sillage dans lequel nous engouffrer et réussir à nous extirper de la simple survie, mais aussi, j'en suis convaincu, pour le consoler. Et tu y es parvenue. Pourquoi, sinon, nous aurait-il offert de l'accompagner dans ce qui serait, pour lui comme pour nous, la dernière étape d'une longue échappée ?

Zagwe, contrairement à nous, a une idée précise du lieu où il se rend, un plan longuement mûri. Bien sûr, il n'avait pas prévu d'être arrêté à la descente du bateau. Le sien n'avait pas fait naufrage mais à leur arrivée en plein jour dans l'île incarnant pour nous tous, clandestins par le simple hasard du pays où nous sommes nés, le seuil du salut, ils avaient été aussitôt cueillis et parqués, dans un désordre de cris, derrière les grilles de ce même centre où nous avions, peut-être au même moment, été retenus. Comme nous et alors que son sort n'était pas fixé, il avait plus tard été conduit sur le continent, dans ce pays qui n'était pas sa destination. Il avait réussi à s'enfuir durant l'acheminement vers un quelconque endroit de rétention. C'était six mois auparavant et, depuis, il a œuvré à son départ.

Un cousin l'attend dans la capitale dont il a tant rêvé. Alors qu'il nous explique tout cela (il n'a jamais autant parlé !), il sort d'un portefeuille craquelé la photographie d'un homme qui lui ressemble planté, hilare et fier, devant un immeuble. À voir son sourire et le geste de triomphe qu'il adresse à l'objectif, il est au paradis. Pourtant, dans ce cliché, rien n'attire. Le ciel est sale, l'immeuble bien plus laid et délabré que ceux de cette ville que nous voulons quitter. Et la joie affichée de l'homme est contredite par son teint grisâtre et ses traits creusés.

Je souris malgré tout en rendant à Zagwe le petit cliché. Dans cette image lui ne voit que la promesse d'une vie décente pour lui et donc pour les siens restés au pays. De quel droit dissiperais-je sa vision ?

Durant plusieurs semaines, mon Adama – peut-être au fond de toi t'en souviens-tu, car rien, alors, ne semble échapper à ton attention –, nous préparons notre expédition. L'argent du voyage est assez vite gagné, là n'est pas le principal obstacle entre nous et l'éden. Déjouer les contrôles, telle est notre obsession. Qui le demeurera longtemps après notre miraculeuse arrivée ici.

Zagwe sait une chose : il n'est pas question pour lui d'être repris. J'aime encore mieux crever, dit-il en couvrant, colosse délicat, tes oreilles de ses mains. Tu secoues la tête, croyant à un jeu, sembles un peu déçue de réussir aussi vite à te dégager, continues d'écouter son récit auquel, bien sûr, tu ne comprends rien ou seulement, aux inflexions de sa voix, ce qu'il contient de tension, d'usure, d'espoir aussi. Son passage par le centre, à Portadora, lui a valu, comme à nous, d'être fiché. S'il était de nouveau arrêté, il serait aussitôt expulsé vers le pays dont il veut à tout prix se déprendre, vers sa ville natale broyeuse de vies, où il rentrerait en perdant, en pathétique bon à rien, en coupable même. Car échouer est une impardonnable faute aux yeux de ceux qu'on a laissés.

Pour éviter cette défaite, le désastre d'un retour, Zagwe s'est fait homme dépourvu d'empreintes. On se fond mieux sans identité. Il exhibe telle la clé d'un trésor la pulpe fondue de ses doigts et tu touches cela aussi, ces espaces forcés au silence, qui ne trahiront plus mais font mal à regarder.

Je ne peux me résoudre à m'infliger pareille mutilation. Je ne crains pas la douleur, Adama, tu t'en doutes. Mon corps a développé une endurance qui parfois m'effraie : comment être sûr d'être vivant si ma chair ne sait plus souffrir ? Non, si je renonce à ce geste qui passe pour pur bon sens au sein de notre peuple pourtant disparate de pourchassés, et que beaucoup accomplissent qui à la colle qui au feu ou encore au plastique fondu – peut-être la plus dangereuse des méthodes car le matériau contrarié diffuse le poison de sa chimie dans la chair offerte –, c'est que je tiens à ces fins sillons où s'est inscrit, de caresses en étreintes, le souvenir de ta mère assassinée. Qui sait ce qu'Ezokia te raconte, ma fille si petite alors, quand mes mains empreintes d'elle se posent sur ta peau ? Qui sait ce que tu perçois ? C'est un lien dérisoire, peut-être, une pauvre illusion, mais j'y tiens comme à un sixième sens secret, que je serais seul à posséder. / *le truc, c'est que devant le Bégon, y avait sonneper. Y se planquaient les rats de leur mère. ZorA a reniflé partout. Total pitbull. Elle a même envoyé valser le pot de fleurs obèse, là, devant l'entrée, celui qui fait cendar. T'as cru que ton Kevin y pouvait terrer sa gueule en dessous, il est pas si nain, j'ai dit pour qu'on rigole mais NabilA a vu la fumée, sérieux, sortir des narines de Zo et elle m'a balancé un coup de latte.* /

Il faudra donc, une fois dans le train qui enfin nous emporte jusqu'ici, fuir comme peste tout représentant des autorités. Nous ne nous asseyons pas à côté de notre ami, le croisons seulement lors de nos déplacements réguliers. Et alors : la complicité de l'épaule serrée au passage, nos chuchotements brefs, ton élan vers lui que je contiens, plus tard nos yeux plissés sourire car le voyage touche à sa fin. Tout cela nous tiendra forts et confiants jusqu'à l'arrivée, où nous pourrons de nouveau cheminer ensemble.

Nos billets ont été dûment contrôlés sans éveiller de soupçon. Pourtant je tremble et te serre à t'étouffer en attendant que le fonctionnaire achève sa vérification – mécanique et anodine pour lui, pour nous décisive. Tu nous sauves encore, sans doute, en plantant tes grands yeux dans ceux de l'homme qui peut, d'une parole, nous tuer ou tout comme. C'est un tendre : il se penche, te demande avec douceur ton prénom, tu émets une salve de *a* joyeux. Il rit avant de s'éloigner, à regret dirait-on. Nous sommes épargnés !

Sur le quai je suis pris de vertiges. Toi, mon Adama qu'aucune épreuve, jusqu'alors, n'a fait vaciller, tu te raidis de terreur et d'incompréhension. Nous devons remonter le flux bouillonnant, traversé de courants contradictoires, des voyageurs afin de rejoindre Zagwe. Je bénis sa taille de géant : il est un phare que je ne quitte pas des yeux.

Tu ne sais plus marcher. Je te porte mais je pourrais aussi bien ne pas te soutenir : tu es de nouveau rivée à moi. Tu n'as jamais connu un tel vacarme, une agitation aussi frénétique. Moi qui ai pourtant fréquenté les grandes villes de notre pays, leur foisonnement brouillon, je ne suis guère plus tranquille. Ici les mouvements sont durs et les visages verrouillés. La foule n'est pas un mélange consenti, avec ce que cela comporte de surprises heureuses, d'échanges inattendus et bien sûr de danger mais identifiable, mais familier. Nous nous retrouvons pris au milieu d'une cohabitation visiblement forcée et honnie. On y demeure à l'intérieur de soi ou de l'espace formé par son groupe comme en faction. Dans la masse, par instants, des yeux qui ne fuient pas, la douceur d'un sourire, un geste bienveillant – s'écarter par exemple, pour laisser passer notre insolite et tremblant duo –, des bribes auxquelles je m'accroche pour ne pas céder à la panique.

Il en sera ainsi dans la rue, dans le métro, les autobus bondés de cette ville immense : j'aurai longtemps le sentiment quand je dois m'y déplacer d'aller au combat. / *c'était pas la peine, j'avais vu la fumée moi aussi, je suis pas aveugle. Je suis pas malade, non plus. Zo a fait trois tours genre chienne enragée sur elle-même et elle est repartie en courant. Elle grognait plus, elle aboyait on aurait dit. NabilA et moi on s'est regardées : on avait pigé et ça nous plaisait moyen : elle allait vers les Rodhos.* /

Zagwe seul sait où nous allons. À la photographie, son cousin a joint un itinéraire détaillé qui nous oblige à utiliser, dès ce premier jour, tous les moyens de transport de la ville et de ses environs.

Le trajet est interminable et bien plus inquiétant que le plus inquiétant de nos périples à travers bois denses ou déserts sans fin. Notre imposant mais impressionnable ami paraît s'être retiré en lui-même, lui aussi, et nous ne pouvons compter sur lui pour trouver un semblant de quiétude. Il ne prononcera pas un mot, ne nous regardera pas, bref aura tout l'air de nous avoir oubliés. Toi et moi sommes deux naufragés ballottant au gré des mystérieux mouvements autour de nous.

Nous comprendrons vite pourquoi les wagons avalent et recrachent, ogres indécis, leurs brassés de voyageurs, nous nous habituerons au cri des freins, nous ne remarquerons bientôt plus les secousses ni le silence particulier là où ces gens, s'ils parlaient même bas, produiraient un brouhaha puissant. J'apprendrai bientôt, et toi quand tu auras l'âge de te déplacer seule, à me repérer dans ce réseau complexe qui m'apparaît d'abord comme les méandres du cerveau d'un fou. Mais à notre arrivée, pauvres créatures encore inadaptées à la modification brutale de leur monde, tout nous écorche.

Dans mes bras tu es protégée mais tu sens que je sue la peur, mais tu entends mon cœur cogner contre ta joue. Tu pleures, toi qui jusque-là as tenu sans un sanglot.

J'emboîte le pas à Zagwe que l'idée des retrouvailles avec son cousin bienheureux fait avancer. Nous parviendrons à le rejoindre, le cousin, ce pionnier sans gloire, ce journalier parmi les journaliers que je deviendrai aussi. Nous aurons réussi. Mais rien ne sera à la hauteur des rêves de Zagwe ni de mon propre bonheur perdu. Il faudra bien vivre. Pour toi, mon Adama, il le faudra. L'espoir, toutefois, ce jour-là se déchire et ne pourra être reprisé.

Le cousin habite un foyer de travailleurs éreintés. N'y cohabitent que des mâles dans une absence totale d'harmonie. Quelque chose de rugueux émane de l'endroit, qui tient peut-être à l'absence de femmes et d'enfants et sans doute aussi à ce qui réunit ces hommes jeunes et vieux : la nécessité et non le choix.

Malgré notre fatigue et le sentiment nouveau et bien visible d'être absolument égarés, nous ne serons pas autorisés à séjourner là ne serait-ce qu'une nuit. On cherche encore à me faire la leçon : ta place n'est pas avec moi me dit-on, je dois avoir perdu la tête pour croire ainsi que je suis capable de m'occuper seul de toi.

On nous invite à partager le repas préparé sur un réchaud posé à même le sol (la cuisine est bien trop exiguë pour la surpopulation des lieux) mais je sens bien que c'est au nom d'une solidarité sacrée et temporaire, une trêve avant que reprennent les hostilités.

Les quelques heures que nous passerons au foyer seront une nouvelle épreuve, inattendue alors que nous pensions être enfin à l'abri. Ce n'est pas qu'on nous veuille du mal, non, bien sûr. Mais nous dérangeons. Je n'accepte ni qu'on t'emporte vers des bras de femme, je ne sais trop où (du coup je refuse même qu'on t'approche et ne perds pas mon temps à trier entre ceux qui complotent pour t'enlever à moi et ceux à qui l'enfance manque réellement, qui sont devant toi comme face à une douceur oubliée), ni de me joindre à ceux qui prient dans une pièce étouffante à l'atmosphère chargée de relents d'oignon, d'épices, de sueur. Il me faut ce refus impérieux, net, surgi de très loin en moi et formulé sans prudence (tant pis !) pour constater que toute foi m'a quitté. S'est-elle éteinte à l'heure même du massacre ? A-t-elle séché sur le chemin alors que je n'étais qu'un corps en marche et une volonté : te sauver, ne nourrissais aucune autre pensée ? A-t-elle cédé devant le souvenir de ta mère, devenu mon refuge et ma loi ? Je ne saurais le dire.

Mon refus est reçu comme un crachat. Nous ne pourrons espérer davantage que cet unique repas concédé au nom d'une charité méprisante, ainsi qu'à un mendiant, et aussi pour qu'ensuite nous disparaissions. / *lui faire bouffer son gloss à Miss Pouf en direct live et devant témoins, j'étais pour. Mais aller la traquer chez elle, c'était pas la même. La*

Cindy, là, elle vit avec sa mère-grand qu'est trop mignonne c'est pas possible, elle doit être adoptée la pétasse, et à l'étage au-dessus, y a un cousin grave beau à NabilA. Un mec sérieux, y fait des études et tout. Ça fait des mois on se croise et devant lui, je me tiens. /

Zagwe, tout géant qu'il soit, oscille comme brindille au vent. Tu lui es rentrée dans l'âme à force de te lover mais son cousin, ces hommes organisés et déjà anciens dans ce pays, utiles donc, ne nous veulent pas. Il ploie. Ne s'oppose pas à notre éviction. Ne vous éloignez pas, nous glisse-t-il. Attendez-moi par ici demain. Nourriture, conseils, je partagerai avec vous tout ce que j'aurai glané d'ici là.

Je ne juge pas Zagwe. Chacun doit s'occuper d'abord de sa survie. Nous nous retrouvons dehors, toi au dos (j'ignore qui protège qui) et, je l'avoue, pour la première fois depuis notre départ, je suis désemparé. Mais tu es là, confiante. Je ne me coucherai pas sur le goudron luisant de pluie. Je résisterai à l'idée pourtant soudain envoûtante de l'abandon.

Tu vois, mon Adama, chaque fois, sur le chemin, quand je vacille, quand je suis perdu, c'est toi qui me tiens debout. J'aurais dû chaque jour te le répéter au lieu de te regarder t'éloigner sans réagir, en me persuadant, même, que c'était la preuve que toi tu appartenais à ce pays, que j'avais réussi cela, mon arbrisseau : te replanter.

Nous passons la plus longue et laide des nuits dans un immeuble en construction à quelques pas du foyer (je n'ai pas osé m'aventurer au-delà de la rue). Je ne dors que par chutes, me réveille le cœur affolé, avec l'impression d'être souillé d'une horreur innommable. Flottent alors un moment des images qu'aucun humain ne devrait voir. Je te serre, ai sûrement hurlé le nom d'Ezokia avant d'émerger encore et encore de ce sommeil terrifiant. Tu ne te réveilles pas mais je sens s'affoler tes yeux sous tes paupières closes. Tu combats, toi aussi, je n'ose imaginer quoi. / *je voulais bien faire du bruit pour ZorA, mais je préférais ça soit pas genre sous le nez de mon futur mari. Pour le coup, là, j'ai tout faux. La meuf qui se retrouve au comico, ça doit pas être son kif. J'espère au moins le feu, il est pas monté jusqu'à lui.* /

À l'aube, perclus des douleurs de la lutte, je me poste sous un porche d'où l'on peut sans s'exposer observer l'entrée du foyer. Tu somnoles au dos. La petite chanson de ton souffle dans mon cou efface doucement ma fatigue. Je me concentre sur ma mission. Je vois peu à peu se vider la ruche. Énergie d'abeilles, obstination de fourmis, ni passion ni fantaisie en tout cas dans ces silhouettes s'engouffrant par vague dans le jour encore sombre.

Parmi elles, visiblement moins affligé ou absent, le neuf Zagwe flanquant celui qui l'a plus ou moins volontairement guidé jusqu'ici.

J'avance d'un pas pour me placer dans la lumière. Loyal, il nous cherche du regard, nous voit, engage avec son cousin meilleur bougre qu'on aurait pu craindre un échange vif et bref, et, d'un geste, nous invite à le rejoindre.

On m'informe du programme de la journée puis de celles à venir : nous devons nous rendre dans divers endroits en périphérie de la ville, où les entrepreneurs les moins soucieux de légalité, les plus âpres au gain, cela va de pair, viennent faire leur marché.

Je découvrirai que chaque matin il en est ainsi : des êtres flottant entre deux vies, celle qu'ils ont laissée et celle qu'ils cherchent à rebâtir plus ou moins durablement ici, d'autres encore que l'existence chez eux, dans ce pays qui est le leur, a malmenés s'amassent autour de ces dealers d'embauches périssables. Que l'on respecte, toutefois, que l'on bénit, car ils sont notre seule chance de grappiller un peu d'activité (c'est-à-dire du pain, c'est-à-dire de quoi durer ou envoyer à ceux qui, au loin, attendent), si ingrate et précaire fût-elle. Eux seuls nous évitent le naufrage.

Il faudra de longs mois occupés à cette routine de la quête et du labeur avant d'oser vouloir plus durable et plus digne. Et encore, la plupart se contenteront de leur dose minimum et frelatée d'emplois.

Je suis prêt, ce premier jour et les suivants, à me joindre aux hommes qui vendent leur temps, leur force, et même pas aux plus offrants. Mais que vais-je faire de toi ?

Nous ne sommes plus en ce territoire familier où je sais qu'un enfant de plus n'est jamais en trop. Ni dans l'espace solidaire des errants. Errants, nous le sommes encore, toi et moi, mais parvenus là où nous devrons maintenant moi me réinventer une vie, toi simplement pousser veux-je croire. Les règles ne sont plus celles de l'urgence mais d'une organisation réfléchie et patiente du quotidien. Il va donc bien falloir que je te confie. / *on aurait pas dû décrocher Mamie Garde-à-toi. Quand Zo elle est passée en grognant et on courait derrière, elle l'a attrapée par le bas du tee-shirt en criant garde à toi, garde à toi, comme elle fait depuis on a l'âge de traîner, même avant ça nous faisait bader grave mais maintenant on lui vire ses griffes de sorcière en rigolant et limite on la plaint la vieille, elle a rien d'autre à foutre et là, ZorA tellement elle avait les nerfs, elle a traîné Garde-à-toi sur dix mètres parce que la vieille guedin elle voulait pas lâcher et quand on a vu ça NabilA et oim on s'est jetées à deux sur sa main crochue pour l'arracher du top à Zo. La vieille elle a perdu l'équilibre. Le cul par terre, elle a continué à gueuler garde à toi ! genre c'est la fin du monde et on va tous crever. Elle avait pas tort. /*

Le cousin, précieux décidément, trop heureux de nous ouvrir les portes du royaume qui n'est pas le sien, pas vraiment du royaume, en fait, mais de ses marges d'où nous pourrons, comme tant d'autres, le contempler sans en être, le servir avec l'espoir (en partie assouvi, en ce qui nous concerne : nous finirons par avoir un toit, des aides, la possibilité d'être soignés) de bénéficier un jour de ses largesses, le cousin donc nous présente en se rengorgeant (on lui pardonne) à celle qui sera la première d'une succession de femmes chargées de veiller sur toi mieux que sur leurs propres enfants – je le précise, l'exige, moi qui n'ai aucun droit, en expliquant que je n'ai que toi au monde.

Or le monde, cette nuit, te retient, te mâche, te digère, et que recrachera-t-il ? Que restera-t-il de toi ? Je t'imagine enfermée, ma valeureuse, mon enfant poussée au crime par quoi ? L'ennui ? Ta nature combative ? L'imbécile vœu d'être encordée à tes amies quels que soient la cause et le danger, quelles que soient l'ineptie de l'enjeu et la profondeur du gouffre sous vos pieds ?

Je vous ai vues si souvent aboyer comme une seule, jeune animal aux trois gueules déployées pour la défense ou l'attaque avec toujours cette témérité théâtrale, parfois chargée de hargne, qui, je l'avoue, me rassurait. Je ne l'avais pas anticipée, cette hargne, avant qu'elle ne s'exprime, ni vraiment comprise, mais je pensais : Adama n'a pas peur, Adama saura mordre avant d'être mordue, Adama a de l'appétit et pense que la vie, une autre vie, ailleurs que dans la cité, plus généreuse, lui est due. Elle ira la chercher. Elle réussira. J'ignorais quoi mais je me répétais cela la nuit, elle réussira.

Tout est arrêté, maintenant, et de part et d'autre des murs, alors même que l'avenir n'est plus une promesse mais un corridor sombre, hérissé de questions, nous voyons clair : je t'avais perdue. Tu n'étais jamais loin mais je t'avais perdue. Et toi, j'en suis convaincu, tu sens que vous êtes prises vous aussi dans le feu meurtrier. Mais qui vous plaindra à part vos pères et vos mères ? Et bien sûr nous aussi nous serons jugés et maudits.

Dans moins d'une heure, j'irai te voir et, tu le sais, je ne me détournerai pas. Que tu sois condamnée ou non, quel qu'ait été ton rôle, je ne me détournerai pas. Je mettrai tout en œuvre pour t'aider. Mais, Adama, je ne pourrai rien défaire. / *je me suis arrêtée pour relever Garde-à-toi, elle me faisait trop de la peine, on aurait dit une tortue sur le dos. Quand j'ai rattrapé Zo et NabilA, elles étaient déjà arrivées en bas des Rodhos. Y faisait nuit, y avait de la lumière à toutes les fenêtres et Zo elle gueulait descends ta race la pouffiasse et je me rappelle, j'ai eu le temps de penser merde et son Kevin à deux balles elle va rien lui dire, y s'est pas fait violer genre, mais ZorA était déjà barrée à l'intérieur alors j'ai encore fermé ma bouche et je me suis juré faut pas qu'elle monte, faut juste pas qu'elle monte et mon futur, y nous voie.* /

Je ne pourrai remonter le cours de notre vie jusqu'au lit de ton crime car il est le dernier domino à tomber et j'ignore ce qui, de mon silence, de nos épreuves, de ton désœuvrement ou de tout autre chose encore a été le premier vacillement. Et quelle différence cela aurait-il fait si je t'avais raconté d'où nous venions ?

Aux premiers mots empreints de malheur, tu m'aurais probablement forcé, d'un regard ou d'une parole brève, à me taire, de toute façon : tu as toujours su te protéger. Tu n'es ni insensible ni indifférente, je crois, mais tu as appris très tôt à ne pas regarder le monde de trop près.

Je me souviens de ce jour où dans votre classe – c'était encore l'école, pas le collège – on était venu vous parler de persécutions arbitraires, de vies défaites, de déportation. Tu étais rentrée en colère et j'avais dû insister longtemps, t'encercler de questions de plus en plus précises pour que tu finisses par me raconter en grondant et sans me regarder ce qu'on vous avait révélé : qu'on pouvait décider de broyer des millions d'hommes et de femmes jeunes ou vieux et jusqu'aux nouveau-nés. Qu'on pouvait venir arrêter dans leur classe, aux yeux de tous, des enfants de l'âge que vous aviez alors. Qui sait quel écho cela avait trouvé en toi ? Je n'ai jamais pu discerner la part de souffrance de celle du dégoût dans ton indignation quand tu avais déclaré en évitant toujours mes yeux : je n'aime pas parler de ça.

Ça, c'est-à-dire la sauvagerie, c'est-à-dire la mort et la douleur embusquées partout. Ça, qui quand on le découvre rend le monde impossible.

Tu as tenté ensuite de colmater la brèche ouverte ce jour-là en bannissant en toi la tendresse, en t'enveloppant de rude. Les lois tacites de la cité, celles qui régnaient entre vous, les jeunes nés ici ou presque, ces lois fondées sur la nécessité de s'afficher fort t'y ont bien aidée.

Là encore je me réjouissais secrètement de te voir si peu sujette au doute, si confiante en la puissance de tes choix qui étaient aussi ceux de tes amies. Tes complices, devrai-je m'habituer à dire désormais. Mais j'aurais dû le savoir, ce qu'on ne regarde pas ne cesse pas pour autant d'exister. Il y a du drame à revendre dans tous les coins de toutes les vies même les plus tranquilles, même les plus ternes. Je ne me pardonne pas d'avoir cru que toi et moi, parce que nous en avions eu notre content, de drame, nous en avions fini. Des petits malheurs, oui, des revers et des déceptions, oui, je m'attendais à ce que nous en rencontrions encore. Mais du drame, imbécile que je suis, je nous croyais définitivement protégés.

Nous l'avions gagnée, m'imaginais-je, notre immunité.

Ne nous battons-nous pas jour après jour, mois, année, dès notre arrivée dans ce pays ? Ne sommes-nous pas des greffons exemplaires, absorbant ce qu'il y a à absorber de notre hôte, mots, institutions, usages, afin de ne pas être rejetés ? Je le fais pour nous deux, au commencement, avec conscience et acharnement. Je nous fonds. J'ai su passer pour mort au milieu des morts, je peux bien mimer tout ce qu'il y a à mimer pour avoir le droit de vivre ici. Pour que ça *prenne*.

Comme d'autres, j'apprends successivement mille métiers sans que jamais quiconque y voie quoi que ce soit d'admirable ou au moins d'étonnant. Je ne réclame rien, ni reconnaissance ni soutien excessif, construis brin par brin – maigres salaires, vêtements de seconde main, appartements partagés puis pour nous seuls, enfin, une pièce d'abord, deux ensuite, obtenues en même temps que des papiers en règle – nos nombreux nids jusqu'au dernier, celui d'ici, d'où je t'ai laissée prendre un mauvais envol.

Je ne dis pas non plus que le souvenir de là-bas me déchire et que j'ai tout le temps froid. Je dissimule à tous mes tremblements.

Et je me figure que je triomphe. Au bout d'un an ou deux à suivre d'emplois précaires en logements calamiteux le courant, je suis embauché par un énième employeur plus soucieux que les autres de légalité, homme meilleur, aussi, qui m'obtient, à l'issue d'interminables démarches – dont, comme une écume, je ne vois que des formulaires à remplir –, un permis de séjour, autant dire le Graal. J'éprouve d'abord une sorte d'embarras à solliciter les aides auxquelles j'ai dès lors officiellement accès. On ne désapprend pas du jour au lendemain l'invisibilité. Si ce n'était pour toi, je me contenterais de ramper jusqu'à la disparition. Mais tu es là et je rêve qu'au jour où tu t'élances, rien ne t'entrave. / *Zo était presque dans l'escalier, attends ! j'ai dit, attends, tu vas pas te fader quatre étages pour cette caille, attends, reste là, on va rigoler. Je venais d'avoir une bête d'idée. Une vision, genre. Je me suis plantée devant les boîtes aux lettres et j'ai cherché la bonne en tendant la main derrière moi. Ton feu, j'ai dit à NabilA. Zo avait dû comprendre parce qu'elle était revenue et elle m'avait prise par l'épaule. J'ai fini par repérer le nom de famille de la Cindy, là. J'ai ramassé un vieux papier par terre et j'ai approché le briquet. On a regardé deux secondes la flamme sans bouger mais ça commençait à me cramer les doigts alors j'ai balancé le truc dans la boîte. Un avertissement. De la part des PrincessA, on a dit ensemble avant de s'arracher.*

« un endroit où aller »

Une collection créée en 1995 par Françoise et Hubert Nyssen

extrait du catalogue

165. Jean Duvignaud
LA RUSE DE VIVRE

166. Frank Huyler
LES LOIS DE L'INVISIBLE

167. Julien Burgonde
LA NOSTALGIE DU FOSSOYEUR

168. Kjell Espmark
BÉLA BARTÓK CONTRE LE TROISIÈME REICH

169. Nancy Huston
LIGNES DE FAILLE

170. Metin Arditi
L'IMPRÉVISIBLE

171. Alice Ferney
LES AUTRES

172. Catherine David
CRESCENDO

173. C. K. Williams
DISSENTIMENTS

174. Anna Maria Ortese
TOUR D'ITALIE

175. Pascal Durand
LA CENSURE INVISIBLE

176. Frédérique Deghelt
LA VIE D'UNE AUTRE

177. Gwenaëlle Aubry
NOTRE VIE S'USE EN TRANSFIGURATIONS

178. Eduardo Berti
RÉTROSPECTIVE DE BERNABÉ LOFEUDO

179. Victor Hugo
NAPOLÉON LE PETIT

180. Göran Tunström
CHANTS DE JALOUSIE

181. Anne Bragance
D'UN PAS TRANQUILLE

182. Annick Stevenson
BLANCHE MEYER ET JEAN GIONO

183. Pia Petersen
PASSER LE PONT

184. Nancy Huston
PASSIONS D'ANNIE LECLERC

185. Annie Leclerc
L'AMOUR SELON MME DE RÊNAL

186. Jean Duvignaud
LE JEU DE L'OIE

187. Breyten Breytenbach
L'ÉTRANGER INTIME

188. Jean-Luc Outers
LE VOYAGE DE LUCA

189. László Földényi
DOSTOÏEVSKI LIT HEGEL EN SIBÉRIE ET FOND EN LARMES

190. Ophélie Jaësan
LE POUVOIR DES ÉCORCES *suivi de* LA NUIT DU SYMBOLE

191. Hubert Nyssen
LES DÉCHIREMENTS

192. Catherine Mézan
UN PIANISTE VU DE DOS

193. Max-Pol Fouchet
DEMEURE LE SECRET

194. Pierrette Fleutiaux
LA SAISON DE MON CONTENTEMENT

195. Arnaldo Calveyra
JOURNAL D'ÉLEUSIS

196. Anna Maria Ortese
AURORA GUERRERA

197. Kjell Espmark
HISTOIRES À CONTRECŒUR

198. Anca Visdei
L'EXIL D'ALEXANDRA

199. Jean-Claude Grumberg
ÇA VA ?

200. Nancy Huston
L'ESPÈCE FABULATRICE

201. Andy Merrifield
L'ÂNE DE SCHUBERT

202. Brigitte Allègre
LES FANTÔMES DE SÉNOMAGUS

203. Dominique Sassoon
ÉVARISTE ET LES CHIRURGIENS

204. Pia Petersen
IOURI

205. Frédérique Deghelt
LA GRAND-MÈRE DE JADE

206. Anne-Marie Garat
HONGRIE

207. Anne Walter
PAULA, EN PROFIL PERDU

208. Anna Maria Ortese
À LA LUMIÈRE DU SUD

209. Hubert Nyssen
L'HELPE MINEURE

210. Nancy Huston
JOCASTE REINE

211. Anna Maria Ortese
FEMMES DE RUSSIE

212. Ophélie Jaësan
ICEBERG MEMORIES

213. Annie Leclerc
PÆDOPHILIA

214. Pia Petersen
UNE LIVRE DE CHAIR

215. Renaud Ego
UNE LÉGENDE DES YEUX

216. Guillaume Pigeard de Gurbert
CONTRE LA PHILOSOPHIE

217. James Matthew Barrie
PORTRAIT DE MARGARET OGILVY PAR SON FILS

218. Frank Huyler
LE DROIT DE LA SOIF

219. Arnaldo Calveyra
LE CAHIER GREC

220. Frédérique Deghelt
LA NONNE ET LE BRIGAND

221. Nicole Roland
KOSABURO, 1945

222. Christian Dumais-Lvowski
ÉTUDES DE TRISTESSE

223. François-Bernard Michel
PROUST ET BECKETT

224. Bernard Pingaud
L'HORLOGE DE VERRE

225. Gisèle Bienne
KATHERINE MANSFIELD DANS LA LUMIÈRE DU SUD

226. Caroline Lunoir
LA FAUTE DE GOÛT

227. Hélène Frappat
INVERNO

228. Jorn de Précy
LE JARDIN PERDU

229. Anna Maria Ortese
MISTERO DOLOROSO

230. Nicole Roland
LES VEILLEURS DE CHAGRIN

231. Éric Vuillard
LA BATAILLE D'OCCIDENT

232. Éric Vuillard
CONGO

233. Valerio Magrelli
CO [RPS] PROPRIÉTÉ

234. Valerio Magrelli
ADIEU AU FOOT

235. Henry Bauchau
TEMPS DU RÊVE

236. Jean-Claude Grumberg
VOTRE MAMAN

237. François Poirié
À LA LISIÈRE

238. Brigitte Allègre
LE CORAIL DE DARWIN

239. James Matthew Barrie
ADIEU, MISS JULIE LOGAN

240. Hubert Nyssen
DITS ET INÉDITS

241. Bertrand Leclair
MALENTENDUS

242. Cécile Ladjali
SHÂB OU LA NUIT

243. Jean-Luc Outers
DE JOUR COMME DE NUIT

244. Gisèle Bienne
L'ÉTRANGE SOLITUDE DE MANFRED RICHTER

245. Justine Augier
JÉRUSALEM

246. Jean-Claude Grumberg
POUR EN FINIR AVEC LA QUESTION JUIVE

247. Emanuele Trevi
QUELQUE CHOSE D'ÉCRIT

248. François Emmanuel
AVANT LE PASSAGE

249. Olivier Py
SIEGFRIED, NOCTURNE

250. Claude Miller
LE CINÉMATOGRAPHE

251. Clark Ashton Smith
LA FLAMME CHANTANTE

252. Carole Zalberg
FEU POUR FEU

OUVRAGE RÉALISÉ
PAR L'ATELIER GRAPHIQUE ACTES SUD
ACHEVÉ D'IMPRIMER
EN JUIN 2014
PAR L'IMPRIMERIE FLOCH
À MAYENNE
POUR LE COMPTE DES ÉDITIONS
ACTES SUD
LE MÉJAN
PLACE NINA-BERBEROVA
13200 ARLES

DÉPÔT LÉGAL
1re ÉDITION : JANVIER 2014
N° impr. : 86991
(Imprimé en France)